閱讀123

國家圖書館出版品預行編目資料

黑洞裡的神祕烏金｜洪雅齡文；游智光
圖 -- 第二版. -- 台北市：
親子天下, 2019.05
96 面； 14.8x21公分. --（閱讀123系列
；42）
ISBN 978-957-503-374-3（平裝）
859.6 108003034

閱讀 123 系列 042

黑洞裡的神祕烏金

文｜洪雅齡　圖｜游智光
責任編輯｜黃雅妮
特約美術編輯｜蕭雅慧

發行人｜殷允芃
創辦人兼執行長｜何琦瑜
副總經理｜林彥傑
總監｜黃雅妮
版權專員｜何晨瑋、黃微真

出版者｜親子天下股份有限公司
地址｜台北市 104 建國北路一段 96 號 4 樓
電話｜（02）2509-2800 傳真｜（02）2509-2462
網址｜ www.parenting.com.tw
讀者服務專線｜（02）2662-0332 週一～週五：09:00~17:30
讀者服務傳真｜（02）2662-6048 客服信箱｜ bill@cw.com.tw
法律顧問｜台英國際商務法律事務所 · 羅明通律師
製版印刷｜中原造像股份有限公司
總經銷｜大和圖書有限公司 電話：（02）8990-2588

出版日期｜ 2012 年 11 月第一版第一次印行
2021 年 5 月第二版第二次印行
定　價｜ 260 元
書　號｜ BKKCD121P
ISBN ｜ 978-957-503-374-3（平裝）

訂購服務
親子天下 Shopping ｜ shopping.parenting.com.tw
海外 · 大量訂購｜ parenting@cw.com.tw
書香花園｜台北市建國北路二段 6 巷 11 號 電話（02）2506-1635
劃撥帳號｜ 50331356 親子天下股份有限公司

黑洞裡的神祕烏金

文 洪雅齡 圖 游智光

從前，上城有個大地主，
大家都叫他張員外。

他有十座山、五座林，還有許多田地和果園，
就算騎著馬跑一圈，也要十幾天才能跑完。
可惜錢再多，也喚不回失去的生命。
他的妻子很早就死了，留下三個女兒。

老大叫小美，老二叫小靚，最小的叫小晴。

張員外把她們捧在手心裡呵護著，錦衣玉食的嬌養著。

三個女兒漸漸長大，就像三顆珍珠般閃閃發亮，張員外心中好得意。

每到秋天，張員外都要去各地收田租。

轉眼今年收租的時間又到了，張員外交代僕人好好照顧小姐們，然後就帶著幾個壯丁匆匆出門了。

張員外出門後，
家裡變得好冷清。
小晴看著窗外，
眼珠子轉啊轉。

「小晴，我今晚要去街上的店鋪買胭脂，你要不要跟我一塊兒去？」大姐小美說。

「大姐，我不想去。」

「小晴，我要去綢緞坊買布匹，要不要跟我一塊兒去？」二姐小靚問。

「二姐，我不去。」

「小妹，你到底想做什麼？」兩個姐姐異口同聲的問。

小晴眨眨眼，沒有回答。

小晴很特別，雖然身為大地主的掌上明珠，但她不喜歡胭脂，也不喜歡華服，只喜歡小動物，老是從外面撿些流浪的小貓、小狗回家，搞得家裡又臭又髒。

「真拿小晴沒辦法。」

兩個姐姐搖搖頭，坐上馬車，像一陣旋風走遠了。

這時，窗外出現一張小伙子的臉。他向小晴招招手，小晴看見了，臉上綻放出笑容，趁沒人注意，偷偷跳出窗外。

這個小伙子叫做李田螺。

小晴問：「你怎麼來了？」

「我看到張員外出門了，想帶你去看小兔子！」

李田螺說。

李田螺是個孤兒，跟著一個遠房姓李的叔叔做些雜活，有空時會到池塘、田邊撿些田螺、釣些田蛙到城裡賣，因此認識他的人都叫他「李田螺」。

小晴有次跟著廚娘外出時，遇到有人在叫賣剛抓到的小野兔，看著小兔子亮晶晶的眼睛，小晴覺得好心疼，既擔心小兔子會被殺掉，又怕買回去，姐姐和爸爸會生氣。

正當她抱著小兔子猶豫不決時，李田螺正好挑著兩擔田螺和田蛙經過，看見苦著一張臉的小晴，就以兩擔水產換得小兔子；並將牠養在自己的茅屋旁，只要小晴有空，就可以來看牠。

從此，小晴常常溜出去看小兔子。員外家裡的僕人都知道三小姐愛往外跑，卻沒人跟員外告狀，因為在這個家裡，三小姐對僕人們最好，常常帶些好吃的給大家吃，還會說故事給大家聽。

小晴也很喜歡跟著李田螺去田裡工作。她從來沒看過鋤頭、耙子……好奇的心蹦蹦跳。雖然張員外有許多田，但他只問田租，其他的都懶得管。李田螺告訴小晴，田裡有時收成不好，張員外老怪農夫們偷懶，其實是因為工具不好。

小晴仔細瞧了瞧，這些農具又老又鈍，有的生鏽、有的斷裂，不論耕種或除草都很困難。

小晴覺得李田螺說得沒錯，便幫忙一起修理農具。

小晴的手很巧，修得又快又好，連李田螺都比不上。

她還動手設計了一些新的農具模型，用泥土把它們捏出來，愈做愈有興趣。

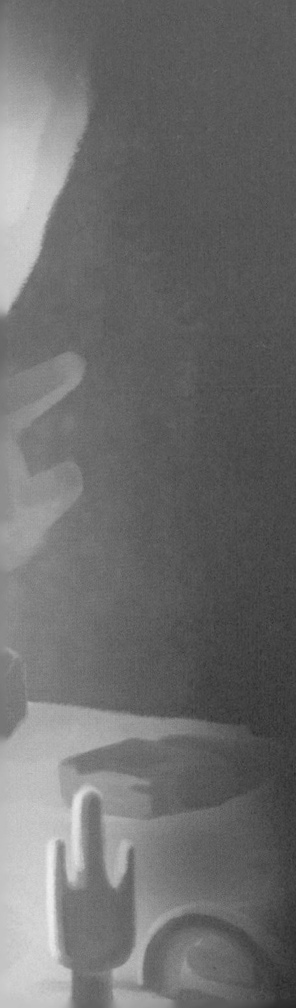

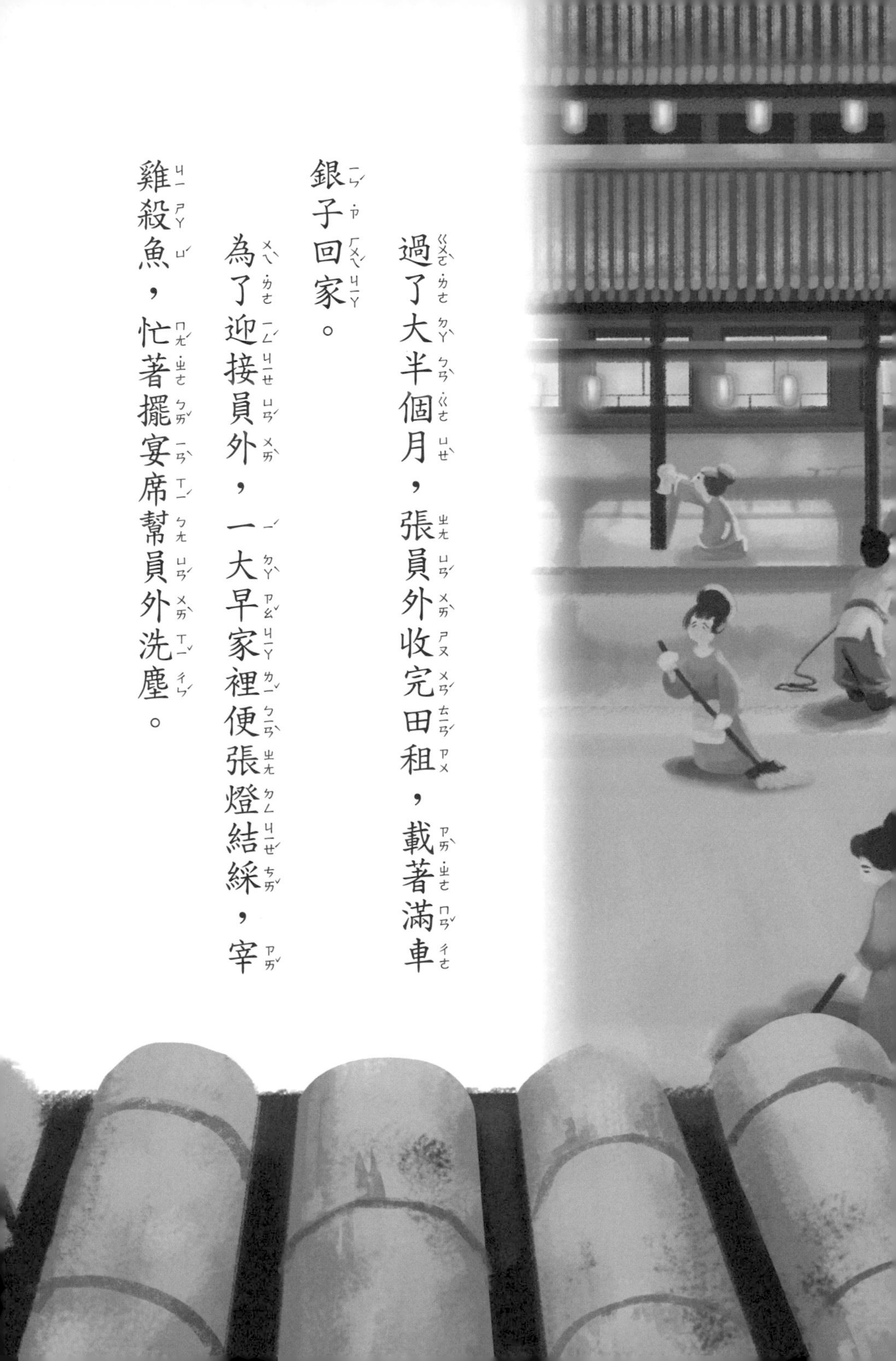

過了大半個月，張員外收完田租，載著滿車銀子回家。

為了迎接員外，一大早家裡便張燈結綵，宰雞殺魚，忙著擺宴席幫員外洗塵。

大女兒小美又畫眉又撲粉，妝扮的如仙女一般，員外看得笑嘻嘻，讚嘆這大女兒真是美麗啊！

二女兒小靚穿著最流行的長裙，紫色的裙襬飄啊飄，好像層層紫色波浪，員外笑得合不攏嘴，二女兒真是有氣質啊！

「小晴呢？」員外問。

大姐和二姐面面相覷，心想：小妹不知道跑到哪兒去了，該不會忘了今天是爸爸回來的日子吧？

「我們去叫她。」兩人連忙說。

這時，小晴氣喘吁吁的從桌子底下鑽出來，手裡抱著一隻小兔子。

員外的眼珠子都快掉出來了。

「小晴？這是什麼？」

「是我養的兔子！」小晴說。

她趁爸爸不在家把小兔子抱回來養，沒想到小兔子貪玩，鑽到桌子底下。

「我不在的這些日子，你成天就跟這隻兔子玩嗎？」

「爸爸，別罵她，其實妹妹很有愛心……」大姐、二姐拉拉爸爸的衣袖。

「你們兩個不用再幫她說話了。」張員外怒氣沖沖的說。

這時，小晴又從口袋裡掏出兩坨怪模怪樣的泥巴團。

「爸爸，你看，這幾天我帶小兔子到田裡玩，用泥土做了一些農具模型喔！」

「去田裡？那些地方不是張員外的女兒應該去的！你給我好好待在家裡，聽到了沒有？」員外生氣的說。

小晴低頭不語，抱著小兔子默默的看著窗外。

過了兩、三年，三個女兒陸續都到了結婚的年齡。張家的女兒個個漂亮又有錢，前來求親的少年郎，多得快把張家的大門擠破。

張員外東挑西選，希望把女兒們嫁給有錢、有勢的好人家，過著舒舒服服的好日子。

他了解自己
的女兒：
大女兒愛惜容顏，
胭脂水粉少不了。
二女兒身材窈窕，
最喜歡穿美麗的
衣服。

三女兒是個野丫頭，一天到晚往外跑，做些怪東西。

大女兒十八歲那天，張員外將她許配給城裡賣胭脂水粉的大商行。

二女兒十八歲那天，張員外將她許配給城裡經營布莊生意的人家。

小女兒十八歲那天，張員外找不到她的人。

原來，小晴早上看見廚娘用月桃葉綁魚，覺得月桃葉纖維長，做繩索最適合，因此躲在廚房練習編繩索。張員外氣呼呼找回小晴，宣布將她許配給大地主孫大富。

小晴不肯。

張員外氣炸了，那可是他挑選的上好人家呢！孫大富不僅是個有錢人，還開了一家農具店，說不定會喜歡小晴那堆稀奇古怪的點子和那些奇形怪狀的模型。

但小晴可不這麼想。孫大富雖然家裡有錢，但做人卻十分狡詐，所以對於這件婚事，小晴遲遲不肯點頭。

「爸爸，孫大富很狡猾。有一次我拿刀柄壞了的鐮刀去修理，他不僅不肯幫忙，還要我直接買新的。」

「但對方看你很滿意啊，欣賞你腦筋靈活。」

「爸爸，他沒說真話。我曾找他幫忙，把我設計的農具模型做出實品，他死也不肯。」

小晴的推阻，讓員外氣急敗壞：「那你說說看，誰配得上我家小女兒？」

這時李田螺正挑著擔子，喊著「賣田螺，賣田螺」從門外經過。小晴興奮的向他揮手。

李田螺也給了小晴一個大大的微笑。

目睹一切的張員外衝到門外，不敢相信這個全身破破爛爛的窮小子，怎麼會認識他的小女兒？

「爸爸，這位是李田螺，他住在城外，知道很多田裡的事。他說農人的收成不好是因為……」小晴笑盈盈的說。

「好了，不要再說了。」爸爸生氣的打斷小晴的話。

李田螺的出現是火上加油，張員外怒不可遏，覺得小晴一定是認識了這個窮小子後，便開始跟他作對。

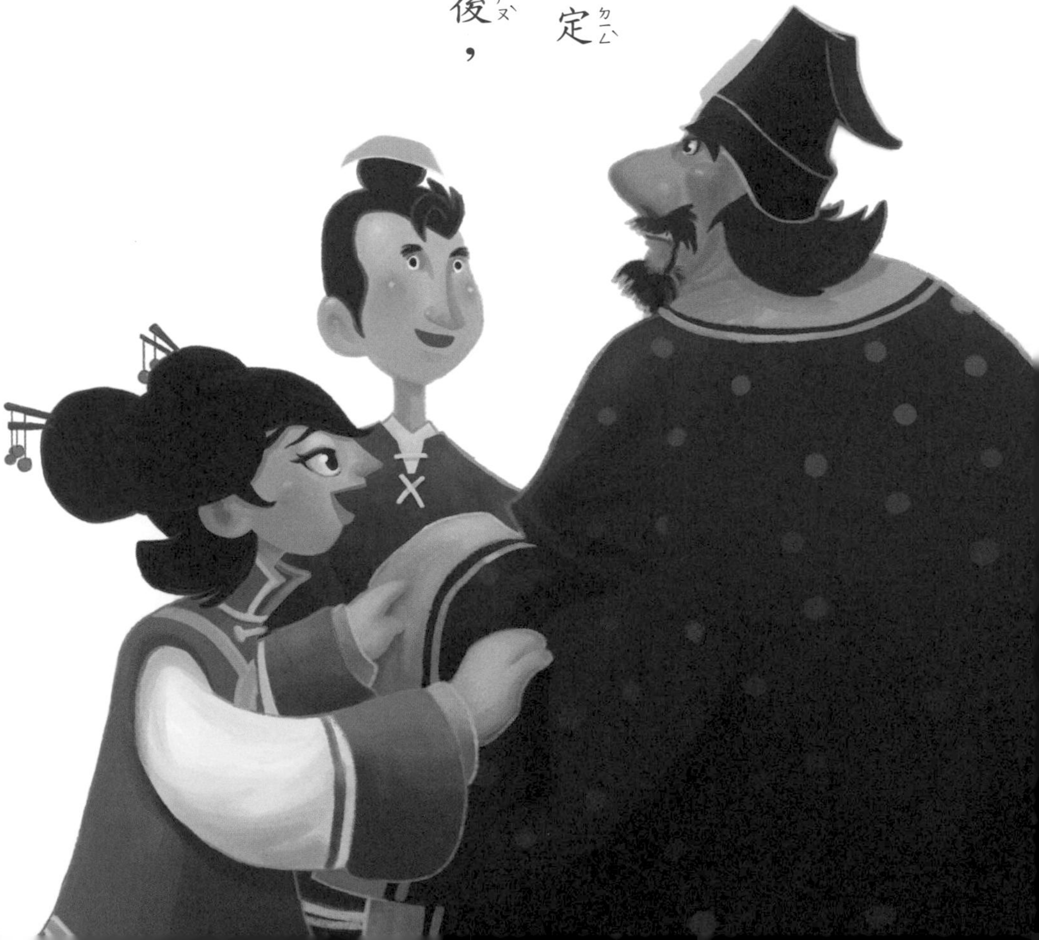

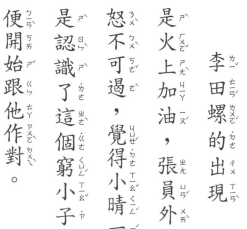

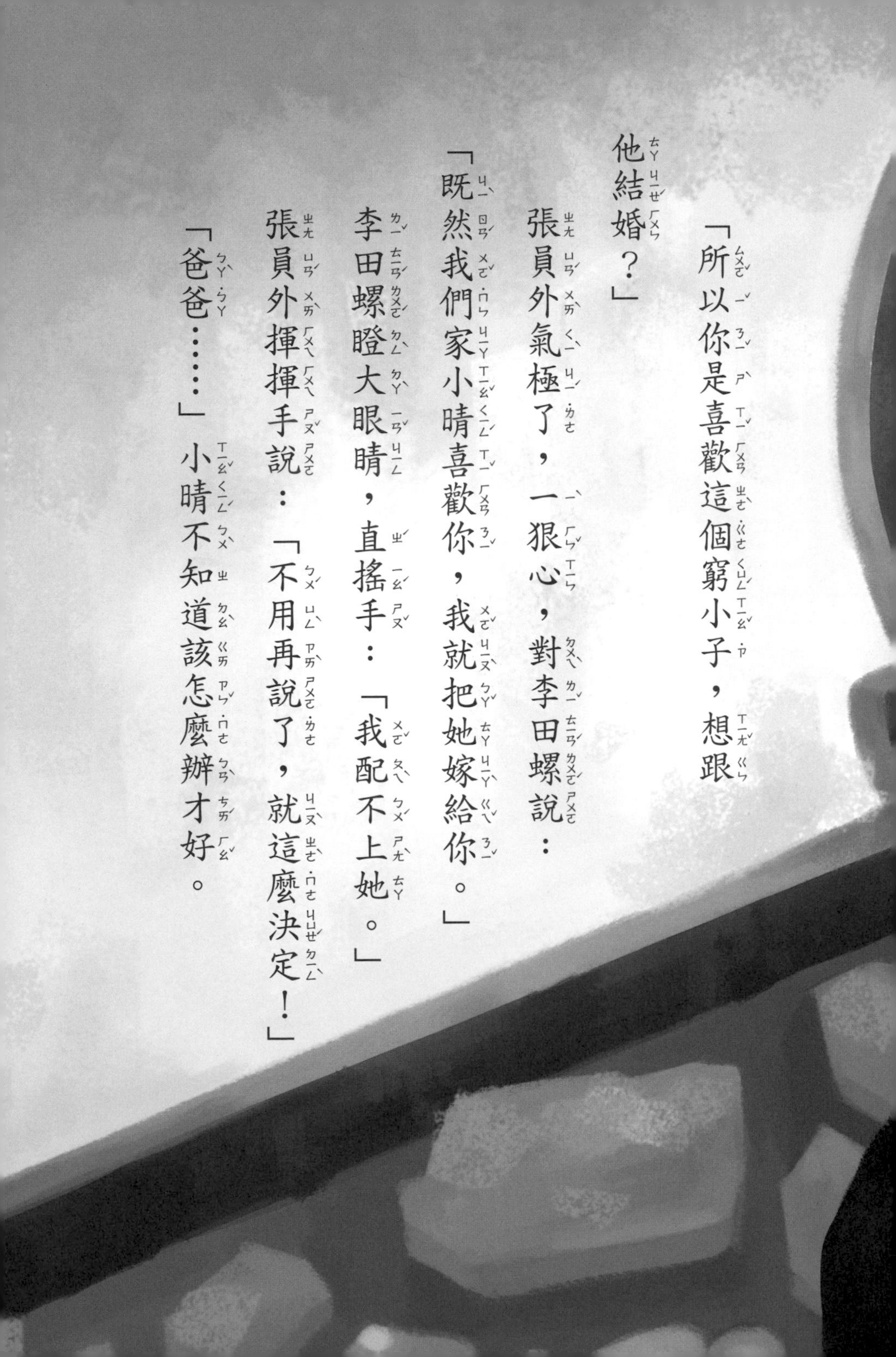

「所以你是喜歡這個窮小子，想跟他結婚？」

張員外氣極了，一狠心，對李田螺說：

「既然我們家小晴喜歡你，我就把她嫁給你。」

李田螺瞪大眼睛，直搖手：「我配不上她。」

張員外揮揮手說：「不用再說了，就這麼決定！」

「爸爸……」小晴不知道該怎麼辦才好。

三天後，張員外匆匆把小晴嫁給了李田螺。

張員外覺得這個女兒丟光了他的臉，派僕人將幾件衣物和小兔子送到李田螺的茅屋裡，不准他們回來。

小晴哭哭啼啼，弄得李田螺手足無措，想回去向張員外求情。

小晴抹了抹眼淚說：「你別擔心，我哭是因為爸爸不了解我，也很難過爸爸只看到你的外表，就認定你一輩子都是個窮小子。不過沒關係，我們一定可以過得很好。」

從此小晴便和李田螺一起勤儉的過日子。早上李田螺出門工作後，小晴便在家裡做家事，有空的時候就研究各式各樣的農具，夢想將來開一間農具店。

夜晚，李田螺和小晴一起生火煮飯，飯後兩人就坐在屋外乘涼，看看星星、說說夢想。

夫妻倆的生活雖然不富裕，但卻很知足。

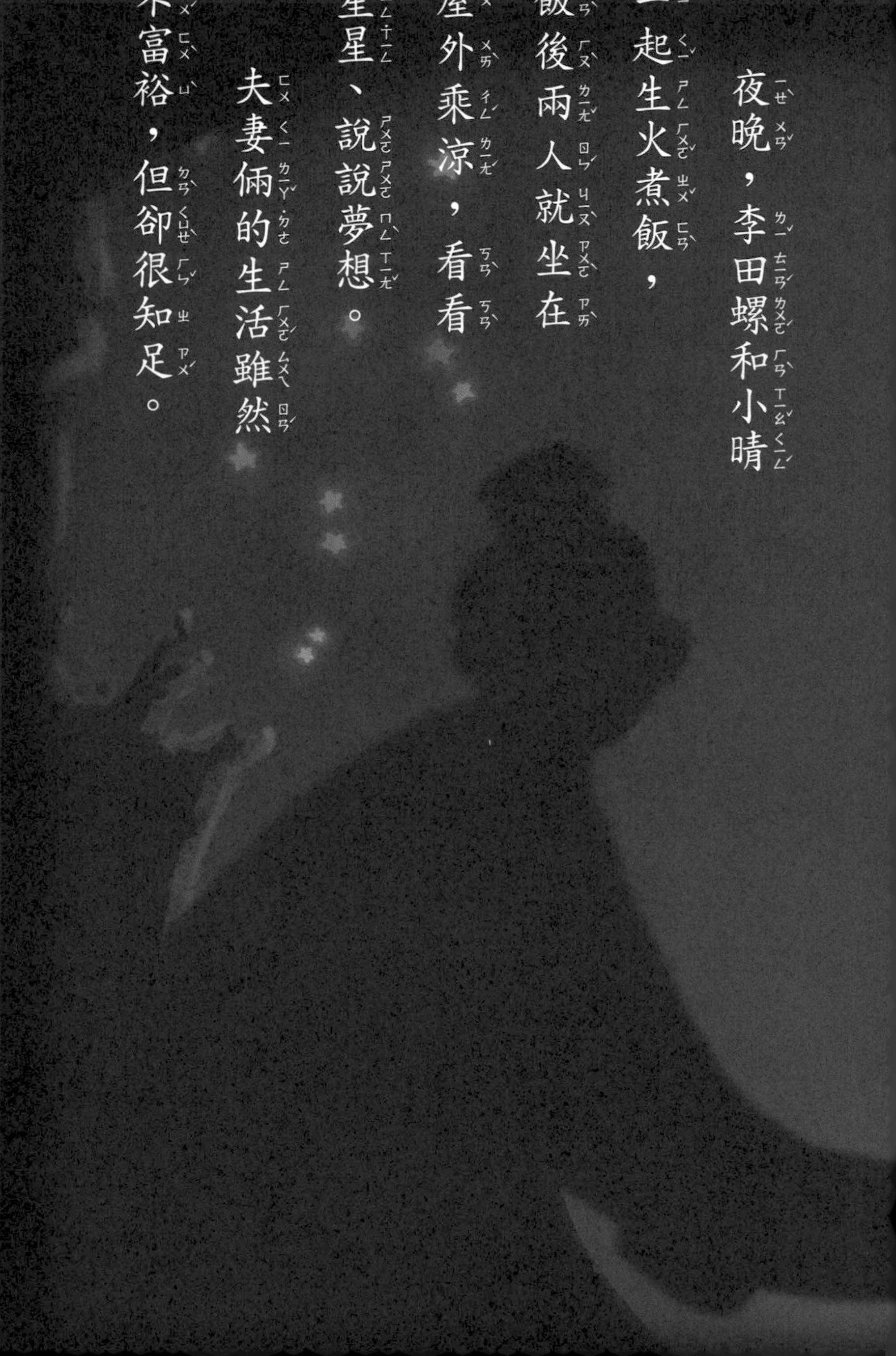

有一次，李田螺在池塘邊抓青蛙時，突然看見家裡的小兔子從眼前跑過。

李田螺擔心小兔子不見，便起身去追。小兔子的速度飛快，李田螺在後頭緊追不捨。突然，小兔子鑽進一個黝黑的山洞，李田螺遲疑了一下，山洞黑漆漆的，會不會有什麼毒蛇猛獸呢？但想起妻子小晴，他還是勇敢的用身旁的草束紮成火把，進洞裡一探究竟。

明亮的火光往洞中一照，小兔子已不見蹤影，但地上卻有滿滿的黑色石頭，襯著火光，閃著光芒。

李田螺沒看過這種東西，好奇的撿起一兩塊，放進口袋帶回家。

小晴一看就知道這是烏金，可以拿來點火照明，非常值錢。

她要李田螺帶她到那個山洞。

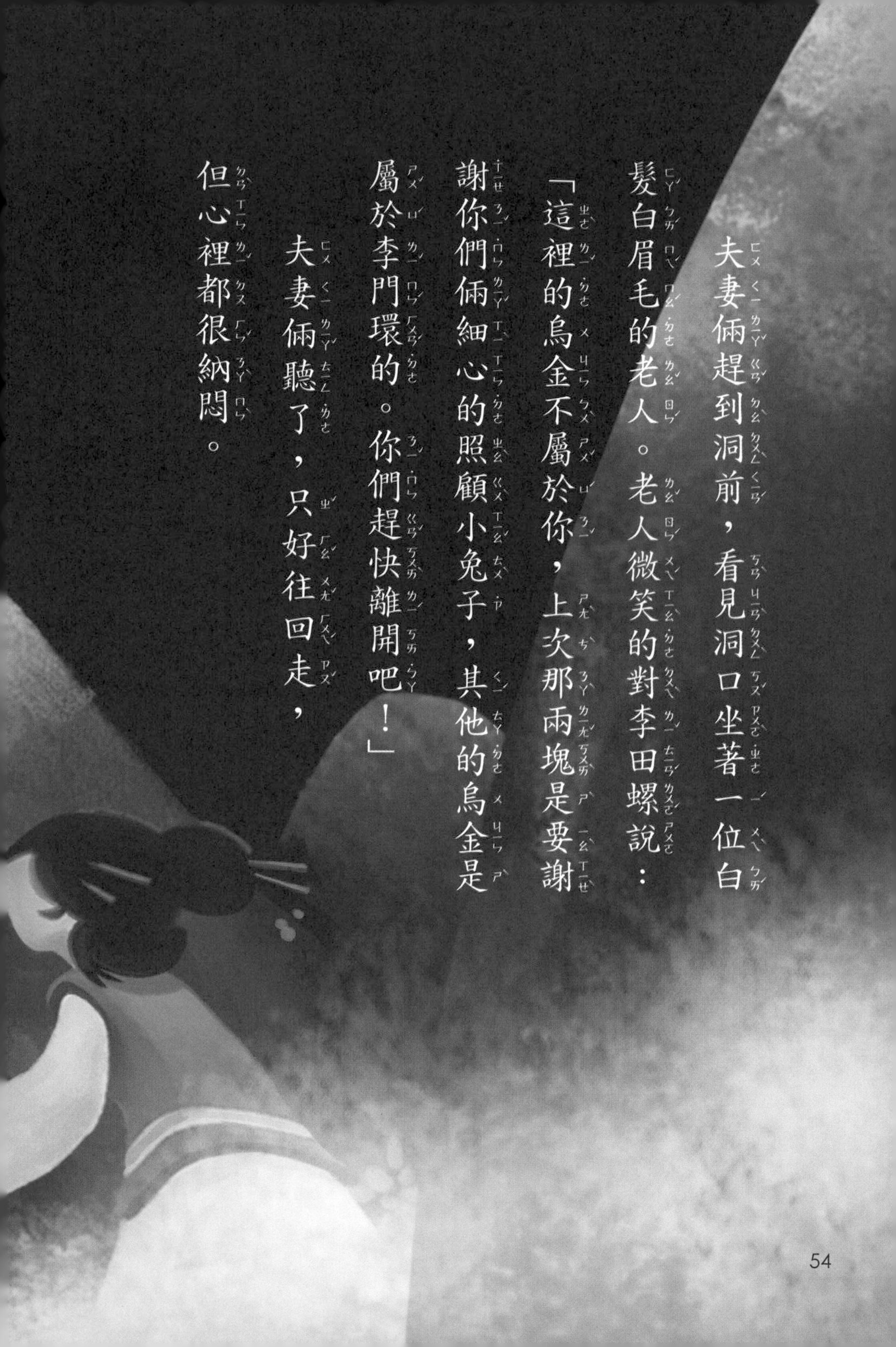

夫妻倆趕到洞前，看見洞口坐著一位白髮白眉毛的老人。老人微笑的對李田螺說：「這裡的烏金不屬於你，上次那兩塊是要謝謝你們倆細心的照顧小兔子，其他的烏金是屬於李門環的。你們趕快離開吧！」

夫妻倆聽了，只好往回走，但心裡都很納悶。

「李門環？他是誰啊？」李田螺搔搔頭。

「別再想了，不屬於我們的東西，就別強求了！」小晴說。

小晴和李田螺將兩塊烏金變賣後，開起了一家農具店。

小晴手巧心也巧，製造出許多新的農具，功能比以前的更多、更好，農具店的生意因此蒸蒸日上。

如果來買農具的人錢不夠，他們還會半買半相送，因為他們知道農人討生活真的不容易。

具

但在城裡開農具店的孫大富卻眼紅了。他本來就氣李田螺搶走小晴，現在生意又被搶走一大半，氣得到處放話說：「小晴和李田螺賣的東西品質不好，因為他們是窮光蛋，根本沒有本錢可以買好的材料。」

小晴和李田螺聽到謠言雖然生氣，但也無法制止他亂說話。

還好，這些農具都很好用，生意依然很好。

又過了一年，小晴生下一個健康的男孩。冬至這天，小晴請人挑著湯圓，帶兒子和丈夫回去看張員外。

大姐和二姐也都回來了，她們哀嘆著這一年歉收，大家吃飽都有問題，更別提胭脂水粉和布匹的生意了。

而小晴他們的店雖然規模小，但卻有穩定的收入。

張員外抱著外孫，看到那圓潤的小臉，當年心裡的不愉快已經忘卻大半。不過怕生的小傢伙在員外懷裡哭個不停，員外只好抱著他四處逛逛，最後停在大門前。

看到門板上美麗的彩繪，小傢伙突然止住了哭泣，伸手

去拉門環。說也神奇，銅環叩叩叩的聲音竟讓寶貝孫子笑了。張員外開心的說：「這孩子這麼喜歡門環，就叫他門環吧！圓圓的討個吉祥。」

張員外這麼一說，小晴立刻想到山洞前老人所說的話，洞裡面的烏金都是李門環的，原來就是給自己的兒子。

夫妻倆回家後，李田螺背著籮筐，小晴抱著李門環再度來到山洞。這次沒人阻擋，他們順利的進去洞裡，抱了滿滿的烏金回家。

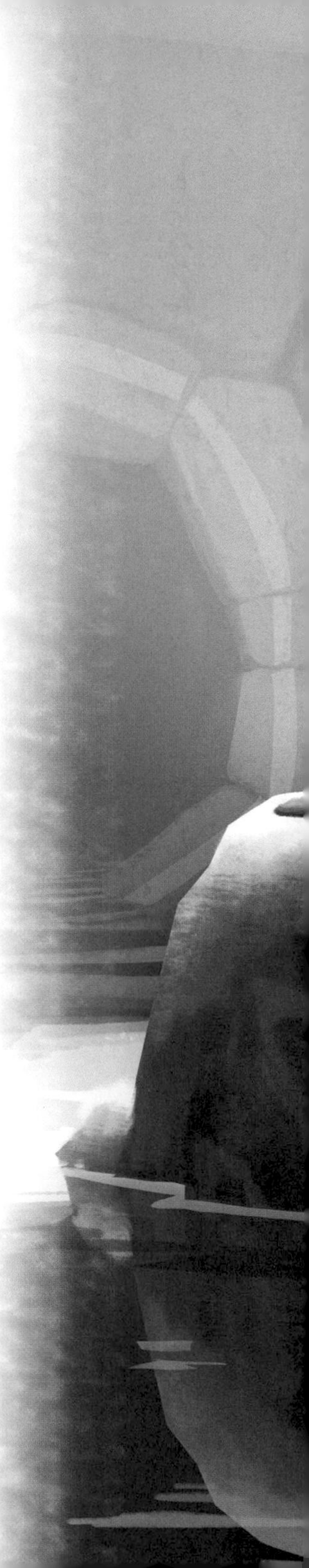

有了這些烏金，小晴和李田螺發財了，但他們沒有過著奢華的生活，反而更加努力工作。

他們設計出一種新型的犁，能夠翻地翻得更深，將土壤深處的養分帶上來，使得收穫大增。除了方便實用外，售價也便宜，獲得許多農民的喜愛。

而這一切看在孫大富眼裡，心裡更不是滋味了。他老是站在路口，對前往小晴和李田螺店裡的人嚷著：「掉頭掉頭快掉頭，貪小便宜沒好貨。」

這一天，城裡舉辦慈善市集，小晴和李田螺駕著牛車準備前往做義賣。經過孫大富的店門前，他又再度嘲笑他們的東西是「便宜的下等貨」。

小晴對孫大富說：「你又沒試用過，怎麼知道我們的材料不好？」

「看你們這副窮酸樣，想也知道。」孫大富撇撇嘴。

「那如果我說，我們跟你一樣有錢呢？」小晴眼中閃著自信的光芒。

具

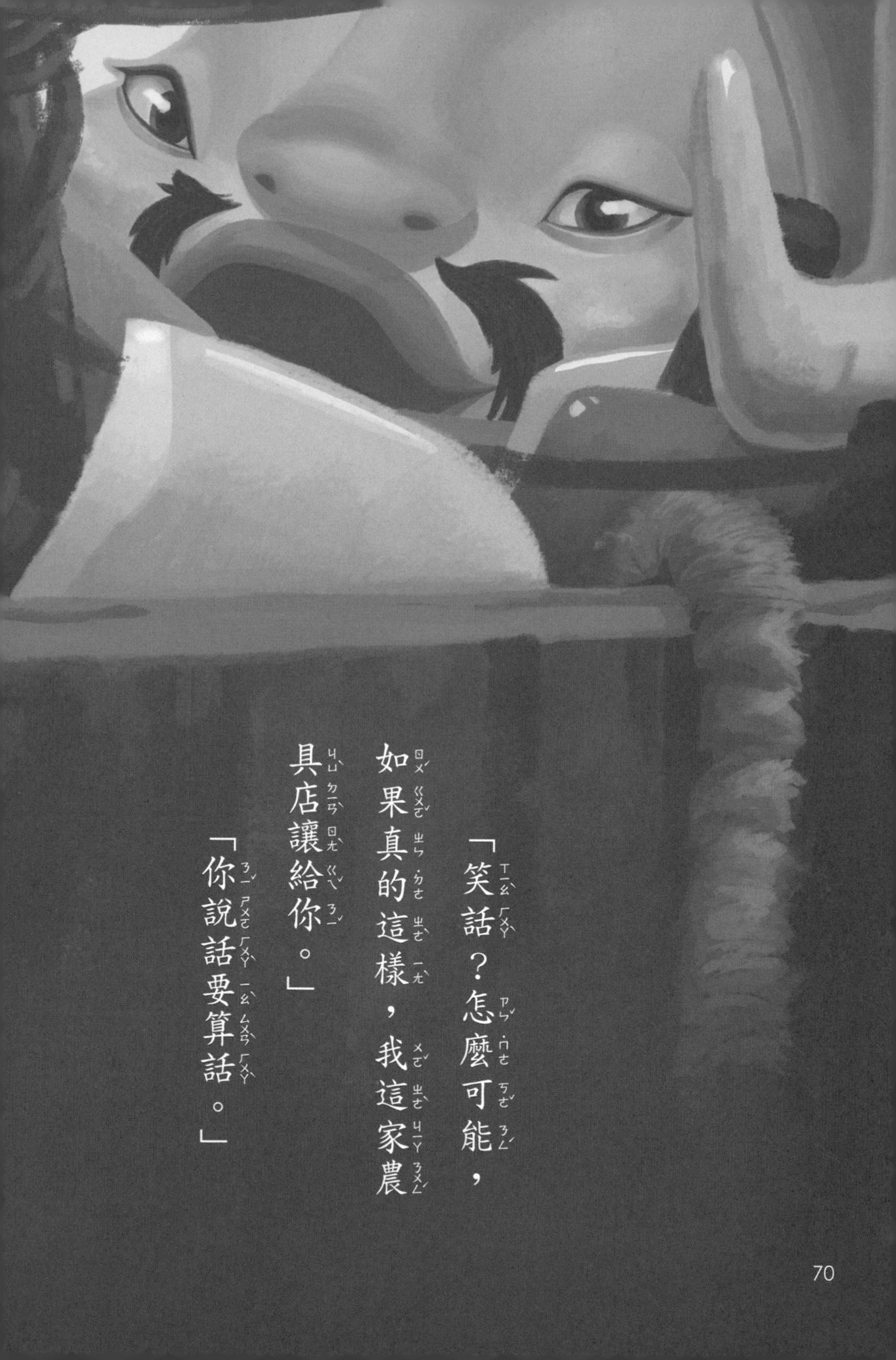

「笑話？怎麼可能，如果真的這樣，我這家農具店讓給你。」

「你說話要算話。」

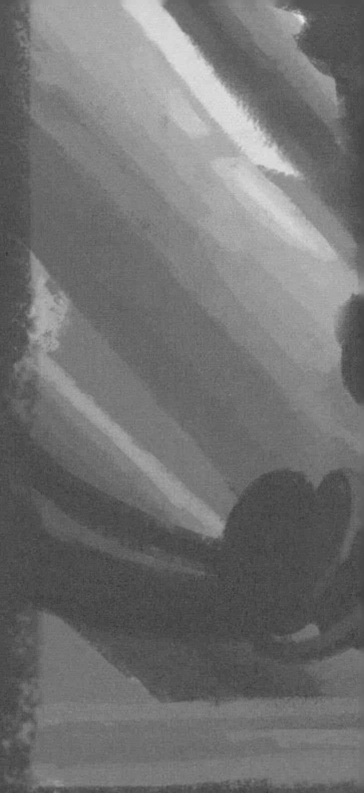

「你只要拿出三百兩銀子，我這間店就無條件讓給你。」

「好！」小晴說。

小晴和李田螺從牛車上卸下裝滿農具的大箱子，孫大富看了大笑：「這些農具值三百兩銀子嗎？」

「別急！」

小晴和李田螺將農具搬開，露出箱子裡的閃閃銀子，大家都驚訝不已。

原來，除了義賣農具外，小晴和李田螺還準備把平日省吃儉用下來的部分積蓄，捐贈出來給貧苦的農民。

孫大富的臉一陣青一陣白，然而，眾目睽睽之下，他也只好履行自己的諾言。

但令人訝異的是，小晴不要孫大富的店，她只要孫大富和他們一起賣新的農具，幫助更多的農民。

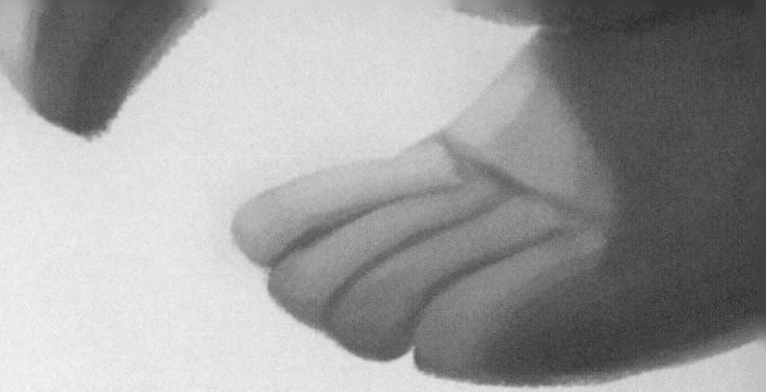

從此，孫大富也加入了張小晴的農具店行列。

有了助人為善的小晴相助，農民的日子愈過愈好。

大家收入多了，大姐的胭脂水粉店和二姐的布店又開始門庭若市。

而在父母親的耳濡目染下，李門環長成了一個有想法，又尊重別人的孩子。

關於這個故事

◎洪雅齡

「晴」這個字，一直都在我心中榜上有名，是我非常喜歡的一個字。「日＋青」是有著明亮陽光的好天氣，《黑洞裡的神祕烏金》故事裡的女主角張小晴，也是有著明亮開朗個性的女孩，她不靠別人的想法來看自己，也不按照世俗價值來安排人生；遭遇困難，渾身充滿著解決的毅力。她是喜歡自己的；我也喜歡她。

原始版的「李田螺」是臺灣相當知名的民間故事，有些版本因為男主角李田螺是賣水產的，像是青蛙之類，因此也被稱為「水蛙記」，甚至還有版本是以男主角和女主角的孩子「李門環」為名。

當我改寫這個故事時，想起小時候第一次聽到這個故事，就像是聽講古一般，順著故事回到早期的臺灣。故事裡頭有著嫌貧愛富的員外、尖酸刻薄的兩個女兒與溫柔婉約的小女兒，以及忠厚老實的窮小子。故事從門不當戶不對的觀念開始，過程中甚至還帶有一些經高人指點才能找到寶藏的神仙情節，我聽得津津有味。

這是傳統的民間故事，透過精采的故事情節，帶有勸人向善的寓意，讓閱聽者在潛移默化中有所感知。不過，在傳統民間故事中，角色的個性表現較為二元化，也就是非黑即白，非善即惡，但等我長大一些，我明白這樣的概念無法放在真實的社會裡。以故事中女主角的員外爸爸來說，他的嫌貧愛富在觀眾看來或許覺得可惡，但若我們站在父親的角度想，他是很愛女兒的，希望女兒們的未來都能過著優渥的生活，不要吃苦，所以不免會希望她們都能找到門當戶對的對象。

因此在這個新改寫的故事裡，我希望讓故事裡的角色都有機會說出自己的想法以及背後的原因，讓讀者也有機會聽聽角色們的真實聲音，才能少貼善惡二分法的標籤。

而不同於原始故事，小女兒張小晴的角色在這本書裡大放異彩。在這個新改寫的故事中，我讓張小晴這個角色有想法，有智慧，了解父親的苦心，尊重父親的想法，但對於自己的未來，她不會妥協。

寫到最後，筆下的張小晴彷彿告訴我：「我知道怎麼走了，你別擔心了。」

身為一個作者，很希望把小晴的精神傳遞給大家。

推薦文

我們的歷史和記憶

◎林文寶（臺東大學榮譽教授）

印刷術發達前的口傳故事

民間故事屬於民間文學中的一個類別。最初，在印刷術發達以前，民間故事是以口耳代代相傳，而非書寫的方式流傳。

在遙遠的口傳時代，庶民們過著日出而作，日落而息的生活，口說故事是他們日常生活中休閒與娛樂的方式之一。這些口傳故事是以統稱人物、虛擬的內容來表達庶民的情感或者願望。

除了是日常生活中的休閒與娛樂外，也是孩子們的良師益友。這些故事有著庶民的共同歷史與記憶，也是族群的文化基因。

印刷術發達後的書寫故事

在印刷術發達後的文字書寫時期，一些民俗學家將這些民間的口傳故事收集而成民間故事集子。這些故事的主題大約涵蓋了：幻想故事、生活故事、民間寓言和民間笑話。故事中蘊含該地或該國家人民的生活、情感、思想觀念等，等於是一個民族的縮影，可以從中窺探特有的民族特性。

而民間故事之所以能夠在世界各地受到重視，最大的功臣當推「貝洛」（Charles Perrault, 1628～1703）和格林兄弟——「雅各」（Jacob Ludwig Karl Grimm, 1785～1863）與「威廉」（Wilhelm Karl Grimm, 1786～1859）。貝洛採集有《鵝媽媽的故事》，呈現出的不造作、明朗的氛圍，充分展現法國人敏捷的思考與機智的反應。格林兄弟在1812～1814年發表德國民間故事採集紀錄《兒童和家庭故事集》，從此開啟了民間故事科學性的採集新紀元，世界各地紛紛興起採集當地民間故事的熱潮。

民間故事的「變」與「不變」

每當人類往前邁出一大步，就會回頭重新審視這些舊有的口傳故事，讓它對新的處境說話；後世將口傳故事的原典，依照當下所處的時代，加以衍生以及改寫。不過我們同時也發現，從古到今，人性並沒有太大的改變，雖然古代社會和現代差別大得難以想像，但他們所創造的故事仍是可直達我們內心深處的渴望與恐懼。

這些流傳了上千上百年的故事，究竟有著什麼樣的魅力得以延續不斷？它必然具有某種特殊的吸引力，讓人們即使在多不勝數的新題材的故事環繞之下，仍舊不減損絲毫魅力而廣受歡迎。我認為，除了它獨特的寫作特性，如：具有濃厚的戲劇性、突出的性格表現、主題明確等因素外，最重要在於它「變」與「不變」的特質。

所謂「變」，民間故事由於是口耳相傳，在流傳過程中，難免會因各種因素的影響而有所變異、遺忘或省略，但絕不是永遠的在變動之中而無從捉摸。

民間故事之所以能夠成為傳統，歸因於其穩定不變的一面；否則若只有「變」而無「不變」，則故事便無傳統可循。或說故事在流傳中自然就融合出一個普遍為百姓接受的標準模式。

舊瓶裡的新酒

至於改寫給兒童的民間故事，除考慮變與不變的本質之外，更應關注其可讀性與時代性。天下雜誌所推出的【嬉遊民間故事集】，便是以此四項原則，為耳熟能詳的民間故事披上新裝——

1.「**不變**」：從傳統故事中選取主要的故事骨架。

2.「**變**」：融入可引起孩子興趣的角色和情節。

3.「**可讀性**」：文字兼具文學性與趣味性。

4.「**時代性**」：故事安排，情節轉折貼近現代孩子。

由此讓故事兼具永恆的傳統之美以及鮮活的現代動感。

而民間故事究竟可以為孩子帶來什麼樣的學習？以此四書為例，它能讓孩子一邊看故事，一邊吸取主角的人生智慧。《奇幻蛇郎與紅花》以奇幻展現人生際遇，體會善惡果報；《機智白賊闖通關》引導孩子運用創意和機智，解決眼前困境；而《一個傻蛋賣香屁》則以滑稽美學，讓孩子體會手足之情彌足珍貴；《黑洞裡的神祕烏金》以勇氣追逐人生夢想，並了解愛物惜物、行善積德的意義。

在教育或學習的過程中，民間故事將讓孩子擁有我們共同的歷史與記憶，
因為那是我們族群共同的文化基因。

推薦文

民間故事的價值

◎傅林統（資深兒童文學作家）

雖然許多成人在長大之後，把民間故事拋之腦後，但相信他們在童年時代都曾讀過或聽過一些民間故事。我們可以肯定的說：再也沒有比民間故事更能吸引兒童興趣的其他類型故事了，原因是故事能活到幾百年、幾千年，一定有它永恆不朽的生命力。

民間故事是全民的鏡子

司馬光編修的《資治通鑑》，被形容為「帝王的鏡子」，那麼凝聚一個民族幾千年流傳的生活經驗和智慧，儼然也是「全民的鏡子」。目前兒童文學裡的故事類型縱然很多，但民間故事自有它一再被改寫或再創作的價值。

自然調和的立足點

目前風行於讀者之間的故事，大別之有兩大取向，一為「奇幻取向」，一為「現實取向」，兩大類各有所偏所執，唯有民間故事不偏不倚，具有調和的作用。甚至有許多奇幻故事淵源於民間故事；許多現實故事仿效民間故事的趣味性表現手法。

隱藏在日常生活中的故事

我們在日常的談話中，不時的會引用無數的民間故事，譬如：「那簡直是蛇郎君的寫照啊！」、「這不是跟李田螺一樣善有善報嗎？」、「這傢伙比白賊七更狡猾哩！」、「那不正是灰故娘嗎？」、「他宰了下金蛋的母鵝！」、「這不是桃太郎的化身嗎？」、「喔！他像極了藍鬍子！」這些例子不勝枚舉！事實證明民間故事具有很高的價值，也證明民間故事跟生活息息相關，不應該讓現代的孩子與此「文化大河」隔離。

精練的語言

民間故事的語言，因為口傳所以十分精練，鏗鏘有力，毫無累贅，且帶有韻味和詩意。民間故事是採取了兒童最容易了解的，浪漫的，冒險的形式，更包含了美麗的意象，不管從哪個角度來說，都是很適合給兒童欣賞的藝術作品。

川流著永恆的真理

民間故事從久遠的祖先一代代傳下來，故事中脈脈流動著祖先的精神。在永垂不朽的民間故事中，我們可以發現它所標榜的真理，跟歷代聖哲所提示的真知灼見是相同的。

高明的文學技巧

民間故事在構成上有高明的技巧。這些故事雖然多數採取老套的「圓滿結局形式」，可是給讀者的卻是濃厚的、新鮮的興趣。

為什麼會有這樣的效果？原因在於民間故事以一貫性的語言強調它的主題，並且在因果上賦以調和的關聯。

民間故事具有普遍的魅力，因此後來的文學家就不斷的加以改寫，不過這些作品如果只是用平凡的語言改變了面貌，那是沒有什麼價值的，我們應該在改寫的故事中，保存那該保存的先民的文化特質，改變該改變的時代的、環境的偏失和執著。更重要的是，在使兒童品嘗文學的甜美滋味之餘，也能發展他們無限伸展的思維和想像力。

民間故事像春雨，像甘霖，滋潤著我們的文化田土，安慰著我們脆弱的心，鼓舞著稚嫩的幼苗，我們該不斷用心企劃、改寫、出版，提供兒童更值得閱讀的民間故事啊！

故事賞析

美夢成真

◎傅林統（資深兒童文學作家）

「美夢成真」，誰不羨慕？誰不嚮往？因此在民間故事的構成裡，美夢成真就自成一個類型了。

這則從民間故事《李田螺》改寫的《黑洞裡的神祕烏金》，堪稱此類型的範例。從字裡行間，讀者可以感受到改寫者很用心的把現代思維融入故事裡，展現他「再創作」的魅力。

因為是老故事，當然帶著濃濃的本土芳香，因為是作者的創作，更散發著嶄新的智慧之光，值得再三品賞。

舊瓶裝新酒

民間故事的改寫，從文字的淺顯化，直到藝術化、文學化、現代化的過程當中，有句很貼切的形容——「舊瓶裝新酒」。

民間故事千錘百鍊的趣味化技巧，以及構成的層次感，形同精緻完美的酒瓶，是無可取代的。然而，人類的文化、思想、觀念，卻與時俱進，變化無常，譬如品酒的方式和風格，隨著時代和文化環境也在改變。

《黑洞裡的神祕烏金》就是配合時代，對「李田螺」的故事，加以新時代的詮釋和潤飾，使它日新又新，永保蓬勃的生命力。

鴻運跟隨，趣味無窮

《黑洞裡的神祕烏金》可敬可愛的主角——小晴和田螺，總是鴻運相隨，叫人不禁為之鼓舞歡欣。從小晴不惜以叛逆的行止，追求真愛，直到存著知足為樂的心，享受勤僕、甜蜜、恩愛的夫妻生活時，他們竟然發現山洞裡藏著烏金（煤礦）。

財富來了，卻不屬於他們夫妻，而是李門環的，「李門環」，何等人物？夫婦倆如墜五里霧中，直到員外給外孫取名的一刻，謎底揭曉，多麼令人振奮的神奇信息！

家財萬貫的夫妻倆，一點兒都不自私，關懷著弱勢的佃農，為他們打造創意農具，提升耕作的收穫，多麼令人敬佩的善心。

自私的孫大富，眼見生意的競爭對手李田螺夫妻的發達，不相信他們有多少財富，說了大話，店鋪竟然差點被買走，多麼大快人心的情節！鴻運跟隨，美夢成真，多麼愉快而盎然有趣的故事。

多元的啟發性內涵

《黑洞裡的神祕烏金》經過新思維的再創作，呈現的內涵和啟發，果然是新穎而多面向的。「父母之命，媒妁之言」是傳統習俗，在長久的時間裡，壓制了女性的婚姻自主權，而此故事是顛覆這種觀念，或說是對這種習俗表示抗議的故事，改寫者有意凸顯它，意義非凡！

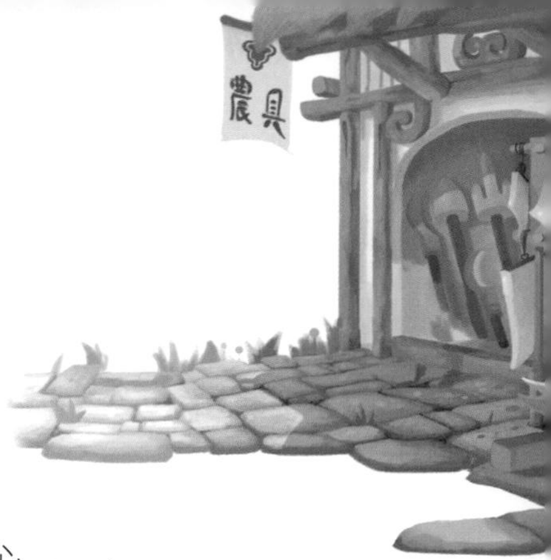

小晴，不僅愛小動物，也關心孤兒，更是創意十足，一心想幫助弱勢者。她對婚姻對象的選擇，自有她不受傳統約束的看法，她說：「看人不可以只看外表，真正的幸福在知足！」多麼有智慧的見解，象徵有思考能力的女性。

小晴時時刻刻想用她的智慧自助助人，果然「自助者天助之」，「助人者人助之」，小晴夫妻的創意農具，獲得大家的喜愛，生意興隆，美夢成真，多麼圓滿的結局！細細咀嚼餘味無窮。

故事賞析

現代灰姑娘

◎吳敏而（國家教育研究院研究員）

傳說和民間故事是珍貴的文學遺產，傳說代表古人類對大自然的探究，而民間故事則是對社會與人生的探究，它代表當代社會的信念、價值觀，甚或是刻板印象。從民間故事，可以讓我們洞察人生的善與惡、愛與恨，以及社會的黑暗面與光明面。我認為兒童應該參與此類的探究。

兒童有探究的天性，他們的腦袋充滿問題，透過故事往往能了解自己和別人的想法，也許能梳理出一些生命的道理，故事燃起他們對各種可能性的想像。成人閱讀民間故事，必須暫時放開現實世界，接受故事中怪誕不經的人物和情節；可是兒童不必，因為他們情不自禁的被故事魔力吸引住。

在這個魔法圈子裡，他們坦然面對自己的恐懼、掃除敵人、修復傷痛，透過故事探究多種可能的世界。探究不會帶給他們正確答案，生命的答案遠比故事複雜；但是他們會獲得跟生命奮鬥的經驗和圓滿的慰藉。對！每次都獲勝，所以他們重複聽故事，一次又一次。

小晴的故事結構，屬於神仙故事的典型「從有到無，又重新獲得」，跟灰姑娘的結構雷同，不過小晴比灰姑娘更為主動、倔強，更自力救濟。灰姑娘得到讀者的同情，因為她喪母喪父，遭到後母和妹妹的虐待，讀者也為她慶幸，有仙女協助，參加舞會，終於有了夢幻結局。小晴得到讀者的佩服，佩服她堅持選擇自己的白馬王子，製造自己的從有到無，又憑藉著個人智慧和努力，從谷底一步步走出來，不只獲得自己的幸福，甚至還造福人群。她是一位現代的女性，我很喜歡她。我覺得這個故事應該叫《張小晴》。

然而這個故事似乎還是脫離不了傳統的神明協助和有錢財可獲勝的觀點。我想：從前、從前的世代，民生艱苦，老百姓的夢想大概是金錢和勢力；時至今日，是不是同樣的夢想依舊纏繞著我們？是不是社會上女性的價值提升了，對命運和錢財的嚮往，卻仍未見消滅？

不過，好故事就是這樣，不管是大人小孩的故事，都必須反映出社會文化的觀點，孩子能透過故事參與成人的討論，總是件好事。我希望成人多呈現各種價值觀和道德觀的民間故事給兒童聽，讓兒童跟故事中的人物對話，多了解，多批判，多探究人生和人性。

閱讀123